Heike Wendler

Eine himmlische ÜBERRASCHUNG unterm Tannenbaum

Die schönsten Hunde-geschichten

benno

Bibliografische Information der Deutschen Nationalbibliothek
Die Deutsche Nationalbibliothek verzeichnet diese Publikation in der Deutschen Nationalbibliografie; detaillierte bibliografische Daten sind im Internet unter http://dnb.d-nb.de abrufbar.

Besuchen Sie uns im Internet:
www.st-benno.de

Gern informieren wir Sie unverbindlich und aktuell auch in unserem Newsletter zum Verlagsprogramm, zu Neuerscheinungen und Aktionen.
Einfach anmelden unter www.vivat.de

ISBN 978-3-7462-6635-0

Umschlaggestaltung: Ulrike Vetter, Leipzig
Umschlagabbildung: © stock.adobe.com/thanakrit
Gesamtherstellung: Arnold & Domnick GbR, Leipzig (A)

Bald kommt
die liebe Weihnachtszeit,
worauf die ganze Welt
sich freut.
Robert Reinick

Es ist schön, den Augen
dessen zu begegnen,
dem man soeben etwas
geschenkt hat.
Jean de La Bruyère

Ganz schon wählerisch

Am ersten Tag im Dezember war es morgens bei uns immer turbulent. Selbst auf unseren Teenager Sophie hatte der Adventskalender eine magische Wirkung: Sie sprang so pünktlich wie nie aus dem Bett. Keine Frage, dass sich unser Hund Charly von der ganzen Aufregung anstecken ließ und wie wild um alle herumwuselte.

„Komm, für dich habe ich auch einen“, sagte ich und lockte ihn mit dem Rascheln seines extra im Hundefachhandel erworbenen Adventskalenders an den noch ruhigen Frühstückstisch. Während ich noch das Türchen mit der Eins suchte, jubelte Sophie auf: Der Nagellack ihres Kosmetik-Adventskalenders, von der Oma gesponsort, begeisterte sie überaus, im Gegensatz zu ihrem Vater, der kopfschüttelnd die Augenbrauen hochzog.

„Hier, Charly, schau mal, ein Leckerli für dich“, sagte ich und Charly kam fröhlich hechelnd angesaust. Ich wollte ihm das kleine Teilchen direkt ins Maul fallen lassen, verfehlte es jedoch, denn Charly wollte zuerst schnüffeln.

„Klar, ich würde auch nicht alles fressen, was man mir ungefragt in den Mund steckte“, lachte Tobi, unser Jüngster, der tatsächlich noch mit Schokolade zufriedenzustellen war.

Charly schnüffelte eine ganze Weile an dem Leckerli herum, doch futtern tat er das Teil nicht, er ließ es schnöde liegen, als mein Mann sein Frühstücksei köpfte. Das übte auf ihn offenbar deutlich mehr Reiz aus, er bettelte jedenfalls so lange, bis mein Mann ihm davon etwas zusteckte.

„Nein, ein Stück reicht“, sagte er streng, als Charly mehr wollte. Und mir raunte er zu: „Lass das mit dem Kalender, er kriegt morgen einfach ein Stückchen Ei oder Käse, das reicht völlig.“

Nun ja, den Adventskalender für den Hund hätte ich mir jedenfalls sparen können.

Momo, das Verkaufstalent

In diesem Jahr findet erstmalig am ersten Sonntag im Dezember ein Adventsbasar nach dem Gottesdienst statt, um Geld für einen guten Zweck zu sammeln. Jeder sollte etwas mitbringen, was er besonders gut kann. Also wurde gebacken und gekocht und gebastelt, was das Zeug hält. Wahrscheinlich würden viele Teilnehmer Weihnachtsplätzchen und vorweihnachtliche Dekoration verkaufen. Backen und basteln zählen jedoch nicht zu meinen Talenten. Deshalb war ich auch recht ratlos, was ich machen könnte.

„Du kannst super stricken und nähen, mach doch so was“, schlug meine Enkeltochter vor.

„Ja, schon, aber ich stricke doch meist Hundespielzeug für Momo“, wandte ich ein. Momo ist mein über alles geliebter vierjähriger King-Charles-Spaniel, der auch sofort angesaust kam, als er seinen Namen hörte. Ich war zwar nicht völlig überzeugt, aber mangels Alternative packte ich einiges an neuen Hundespielzeugen und Hundedecken zusammen. Beim Basar legte ich alles ordentlich auf einen kleinen Tisch und Momo platzierte sich direkt auf einer Decke daneben.

„Ach, ist das ein süßes Kerlchen“, rief unsere Organistin und kam als erstes an meinen Stand. Sie streichelte Momo, der sich das gern gefallen ließ, und entschied sich dann für einen kleinen Strickball.

„Ich habe doch einen Mops. Das wird ihm gefallen“, meinte sie.

Momo entpuppte sich in der Folge als Marketingtalent, er sorgte nämlich mit seiner bloßen Anwesenheit für die nötige Aufmerksamkeit. Wenn wirklich mal niemand schaute, sprang er auf, streifte ein paar Kirchgängern um die Füße und sauste dann zu seinem Platz zurück. Jedenfalls war mein selbstgefertigtes Tierspielzeug ein richtiger Verkaufsschlager und in Nullkommanichts ausverkauft. Sehr zur Freude der Gemeindesekretärin, die auch als Schatzmeisterin fungierte. Ein hübsches Sümmchen für einen guten Zweck, so soll es sein!

Gefahren im Advent

„Du willst doch nicht ernsthaft den ganzen Quatsch hier aufstellen?", fragte mein Mann stirnrunzelnd und zeigte auf die drei Kisten mit Weihnachtsdekoration. „Das ist für Lilli doch total gefährlich!"

Lilli ist unser neun Monate alter Welsh Corgi. Sie lag gemütlich auf ihrer Kuscheldecke und döste vor sich hin. Seit wir Lilli im Juni bei der Züchterin abgeholt hatten, bestimmt sie einen guten Teil unseres Lebens. Insbesondere das meines Mannes, für den sich mit Lillis Einzug ein Kindheitstraum erfüllt hatte. Er hatte sich jedenfalls gründlich belesen und betete mir nun vor, was für Hunde alles gefährlich war und was nicht. „Sie darf keinesfalls an dem Mistelzweig herumkauen", erklärte er mir. „Und keine Weihnachtssterne dieses Jahr, Margot, bitte! Wenn Lilli die frisst …"

„Hast du schonmal bemerkt, dass hier keine Weihnachtssterne herumstehen?", unterbrach ich ihn etwas genervt. „Die gehen mir ohnehin immer ein, deshalb haben wir seit Jahren keine mehr. Und der Mistelzweig, den wir immer über der Tür aufhängen, ist aus Plastik, ist dir das noch nie aufgefallen?"

Roland befühlte den Zweig und war sichtlich überrascht. „Wirklich? Ach so, nun ja…", murmelte er verdattert, während ich mir ein Schmunzeln verkneifen musste.

„Vorschlag zur Güte, Schatz. Da Lilli nirgends hochklettert, stelle ich die Weihnachtsdekoration einfach weit nach oben, sodass sie nicht rankommt, einverstanden?"

Roland nickte und befühlte noch einmal den Mistelzweig. „Aus Plastik, wer hätte das gedacht", murmelte er vor sich hin. Dass ich das Teil erst vor ein paar Tagen erstanden und wir selbstverständlich früher immer einen echten aufgehängt hatten, behielt ich dann doch für mich.

Otto, der Schreckliche

Seit Jahren kümmere ich mich gemeinsam mit anderen Ehrenamtlichen um die Kommunionkinder. Deshalb lud ich deren Eltern zu einem gemütlichen Beisammensein in der Vorweihnachtszeit zu mir nach Hause ein. Mein Mann war zu seinem Skatabend gegangen. Nur Otto, unser sechsjähriger Dackel, war noch im Haus und döste in seinem Körbchen. Ich hatte die Kaffeetafel gedeckt und auch mit Servietten nicht gespart, ein Faible von mir. Dann klingelte es und das Grüppchen stand geschlossen vor der Tür. Es war ein großes Hallo, ich bekam ein hübsches Adventsgesteck von der Mutter eines der Kinder, die ich noch nicht gut kannte. „Ich bin Floristin, mir geht so etwas flott von der Hand", sagte sie etwas schüchtern, als nicht nur ich ihre wundervolle Arbeit bewunderte. Ich stand noch im Flur und überlegte, wohin mit dem Gesteck, als sich Frau Weber nach Otto erkundigte. „Wo ist denn Ihr kleiner Frechdachs?", wunderte sie sich. „Normalerweise wuselt er doch allen immer sofort um die Füße."

„Der döst noch in seinem Körbchen. Wir waren vorhin noch draußen, da hat er sich richtig ausgetobt und ist nun müde“, erklärte ich. Erst als ich die Wohnzimmertür öffnete, sah ich, wie sehr ich daneben lag. Der kleine Racker schlummerte keineswegs friedlich vor sich hin, sondern hatte die Kaffeetafel auf den Kopf gestellt. Die Servietten, von mir sorgfältig drapiert, hatten es ihm besonders angetan, er hatte alle, aber auch wirklich alle, heruntergerissen und zerfetzt. Als ich zum Schimpfen ansetzte, schaute er mich jedoch mit seinem unschuldigen Dackelblick an. Und hätten ihm nicht noch Überbleibsel der Papierservietten aus dem Mäulchen gehangen, ich hätte ihm glatt abgenommen, dass er rein gar nichts mit dem Chaos zu tun hatte. Zeit mich zu schämen, blieb mir jedoch nicht, meine Gäste halfen lachend beim Aufräumen.

Unverhofft kommt oft

Seit ich im Ruhestand bin, habe ich eigentlich genug Zeit. Diese nutze ich gern, um mich im nahen Seniorenheim nützlich zu machen oder meine Tochter mit ihrem kleinen Hund zu unterstützen. Meist klappt das auch alles ganz gut, nur an diesem Dezembertag war irgendwie der Wurm drin. Kurzfristig bat mich Sabine, ihren Milo zu übernehmen. Doch ich hatte mich schon bei meinen Schützlingen im Lindenstift angekündigt. Als Milo schon kurz darauf um mich herum wuselte, entschied ich, ihn einfach mitzunehmen. Eine hervorragende Idee, wie sich schnell rausstellte.

Kaum steckte Milo seine feuchte Nase zur Tür des Lindenstifts herein, war die Begeisterung groß. „Ich hatte früher auch einen Hund", war der Satz, den ich an diesem Vormittag am häufigsten hörte. Es gelang mir sogar, mit einer Dame ins Gespräch zu kommen, die sonst freiwillig ihr Zimmer nicht verließ. Dass sie es nun doch tat, lag einzig an Milos schwarzen Knopfaugen, die so treuherzig gucken konnten, dass ihnen niemand widerstand. Als nach dem Mittagessen die ersten müde wurden, verabschiedeten wir uns wieder.

„Aber Sie bringen ihn doch mal wieder mit, ja?“, fragte mich Frau Röder, die mir schon zu einer guten Bekannten geworden ist.

„Es ist doch bald Weihnachten und bis dahin habe ich für Milo auch eine Decke fertiggestrickt“, sagte sie. Ich versprach es, meine Tochter war ohnehin froh, wenn ich mich tagsüber um Milo kümmerte und er somit nicht allein zu Hause war. So ein Hund will ja bewegt werden. Und das taten wir danach auch ausgiebig auf der Hundewiese. Dass sich diese direkt neben einem Glühweinstand befand, war dann wohl ein Geschenk des Himmels an mich – ich liebe Glühwein in der Kälte.

Oh Schreck, der Winterspeck!

Das knallrote Kleid war schon eine Wucht! Ich hatte es im Juni in einer Boutique entdeckt und mich sofort verliebt. Es saß ein bisschen eng, ich wollte die zwei, drei Pfund über den Sommer abnehmen. Wollte! Nun sollte es an Heiligabend zum Einsatz kommen, doch es saß enger als je zuvor. Gut, dass ich es anprobiert hatte, doch meine Laune war dahin.

„Ich hatte es nicht einmal an!“, jammerte ich.

„Mehr Bewegung, weniger Kekse“, lautete der harte Rat meines Göttergatten.

Der hatte gut reden, konnte er doch so viele Vanillekipfel futtern, wie er wollte. Bei ihm setzte nix an. Bei mir schon.

„Morgen früh machen wir eine schöne lange Gassirunde“, versprach ich unserem Hund Rudi, der das offenbar als Drohung verstand und sich erst mal ins Bett verkrümelte.

Am nächsten Morgen setze ich mein Vorhaben noch tapfer um, obwohl es kalt und schmuddelig war. Rudi schien genauso müde zu sein wie ich. An der Bäckerei musste ich erst mal eine kleine Aufwärmpause einlegen und kaufte prompt ein Schokoteilchen als Trost. Während ich Rudis Napf füllte, kommentierte mein Mann trocken: „So wird das nichts mit dem Kleid." Recht hatte er, entschied ich nach dem zweiten Kaffee. „Du gehst morgen früh wieder, ich übernehme die Abendrunde", beschloss ich.

Und damit war ich auf dem richtigen Weg. Abends sind sowohl Rudi als auch ich besser drauf als morgens. Eine Stunde tobten wir über die Wiese, ich warf den Ball und Rudi brachte ihn unermüdlich wieder. Die Zeit verflog nur so. Danach waren wir beide völlig erledigt, aber glücklich. Die Bewegung tat mir richtig gut. „Das mache ich jetzt jeden Tag", erklärte ich meinem Mann begeistert. „So schaffe ich das mit dem Kleid." Mein Mann machte mir Mut. Die Kekse verbannte ich sicherheitshalber trotzdem. Zumindest vorläufig.

Begegnung im Wald

Kinder haben manchmal ein sensationelles Gedächtnis. In diesem Fall betraf es eine Sache, die ich vor Wochen einmal vorgeschlagen hatte: unseren diesjährigen Weihnachtsbaum selbst schlagen. Jakob freute sich auf das Abenteuer mit Papa. Das war für mich natürlich sehr schmeichelhaft. Allerdings hatte ich inzwischen Zweifel, ob das wirklich so eine gute Idee gewesen war. Für mich sprach vor allem dagegen, dass ich keine Ahnung vom Holzfällen habe und mich im Wald nicht auskannte. Aber für Jakob, stolzer Erstklässler, bin ich noch Papa, der Held. Und da ich mein Kind nicht enttäuschen wollte, erkundigte ich mich, wo man Bäume schlagen durfte und was man alles dafür brauchte. Jakob war voller Vorfreude, auch wenn das Wetter eher bescheiden war: kalt und grau und leichter Schneeregen. Wir liehen uns eine Säge aus und zogen los.

„Wenn du einen schönen Baum siehst, dann zeigst du ihn mir“, sagte ich zu Jakob, der eifrig nickte. Doch der perfekte Baum war schwer zu finden. Die Tannen waren zu groß oder zu klein oder zu schief. Da das

Waldstück am Hang lag, kraxelten wir querbeet hoch und runter, und schon bald kam ich ins Schwitzen. Plötzlich sah ich aus dem Augenwinkel heraus, dass sich im Unterholz etwas bewegte. Jakob sah es auch und griff sofort nach meiner Hand. „Was war das, Papa?“, wollte er wissen. Seine Stimme zitterte, und zwar nicht nur vor Kälte. „War das ein Wolf?“

Ich blieb cool, zumindest nach außen hin. Da war etwas Größeres im Unterholz verschwunden, es raschelte und Zweige knackten. Ein Fuchs vielleicht? Ein Wildschwein? Kein Wolf, natürlich nicht, oder doch? Als Stadtmensch waren mir Wildtiere nicht geheuer.

„Jakob, wir sind im Harz. Hier gibt es keine wilden Tiere, keine Angst. Außerdem bin ich doch bei dir“, beruhigte ich ihn. Dann preschte plötzlich ein Tier aus dem Unterholz heraus, und nein, das war kein harmloses Häschen und auch kein Fuchs. Es war schnell und groß und hatte graues Fell. Ein Wolf, schoss es mir durch den Kopf. Das Tier stürmte nur zehn, zwanzig Meter von uns entfernt an uns vorbei. Jakob war vor Schreck erstarrt und ich schob mich instinktiv vor ihn. Ich war fest entschlossen, Jakob mit allen Mitteln zu verteidigen. Wie weit war es bis zum Wagen? Würde uns das Tier hinterherlaufen? Hatten wir überhaupt eine Chance? Doch der mutmaßliche Wolf verschwand zwischen den Bäumen, wo wir ihn aus den Augen verloren, tauchte wenig später weiter weg wieder auf, ganz so, als würde er jagen. Dann war er so plötzlich verschwunden, wie er aufgetaucht war.

Alles war wieder still. „Was war das, Papa?“, fragte Jakob.

Zuzugeben, dass ich keine Ahnung hatte, kam natürlich nicht infrage. „Lass uns gehen“, sagte ich stattdessen. Ein geordneter Rückzug erschien mir am sinnvollsten, ehe das wilde Tier zurückkam. Meine Lust an der Baumsuche war auf den Nullpunkt gesunken. Auch Jakob wollte jetzt weg.

„Schnell zum Auto, bevor der Wolf wiederkommt“, sagte er.

„Das war kein Wolf!“, erklärte ich. „Hier gibt es keine Wölfe.“ Ich ließ mir meine Unsicherheit nicht anmerken, um Jakob zu beruhigen.

Plötzlich ertönte hinter uns ein Pfiff und das Tier sauste erneut an uns vorbei, direkt auf einen Mann zu, der zu meiner großen Überraschung eine Leine schwenkte. Ein Hund? Das Tier war nur ein großer, kräftiger Hund! Ich hätte vor Erleichterung fast aufgelacht. Der Hund ließ sich problemlos anleinen, dann marschierten Hund und Herrchen in Richtung Parkplatz.

„Du hattest recht, kein Wolf“, staunte Jakob. „Das ist ein Hund.“ Er war ganz fasziniert und wollte es nun genauer wissen. Wir liefen ein bisschen schneller und holten die beiden noch vor dem Parkplatz ein. Aus der Nähe wirkte der Hund zwar immer noch beeindruckend, aber kein bisschen gefährlich. Er hatte sehr dichtes Fell. Ich sprach den Mann an.

„Ein hübsches Tier, ein Husky?“, fragte ich.

„Das ist Lupus, ein finnischer Lapphund“, erklärte uns der Mann lächelnd, während sein vierbeiniger Freund schwanzwedelnd Jakob seine Nase entgegenstreckte. „Er beißt nicht, wenn du magst, kannst du ihn streicheln, am besten am Hinterkopf, das mag er gerne.“

Jakob ließ sich das nicht zwei Mal sagen. Und während wir uns über Weihnachtsbäume austauschten, kraulte und streichelte Jakob seinen neuen Freund Lupus. Dass ich ihn zunächst für einen echten „Lupus“ gehalten hatte, behielt ich für mich. Jakob soll ruhig noch eine Weile länger glauben, dass Papa immer recht hat.

Nikolaus

Fritz ist der niedlichste Hund überhaupt, ein Wonneproppen auf vier Pfoten sozusagen: verspielt und ein bisschen keck, manchmal auch frech und einen Hauch verfressen. Wir hatten ihn aus dem Tierheim geholt – unbegreiflich, dass so ein hübsches Kerlchen dort überhaupt abgegeben wurde.

Seit einigen Monaten ist er nun also bei uns und in der Zeit zeigte sich, dass er mein Faible für Schuhe teilte. Doch während ich sie am liebsten trage, knabbert er sie an, leider, und meist auch nur einen Schuh eines jeden Paares. Deshalb war es am Nikolaustag auch eine Herausforderung, alles so zu arrangieren, dass Fritz nicht zu Schaden und die Kinder zu ihren Geschenken kamen.

Socken waren die Lösung, was meinen Sohn jedoch nicht davon abhielt, sein Paar Turnschuhe vor die Zimmertür zu stellen. Vielleicht in der Hoffnung, dass ich es nicht merken würde und er quasi doppelt abkassieren konnte. Ich merkte es natürlich doch und nahm mir noch vor, die Schuhe in Sicherheit zu bringen, vergaß es jedoch wieder. Nach dem Gassigehen am Abend ließ Fritz sich total erschöpft in sein Körbchen fallen, ohne die Schuhe auch nur eines Blickes zu würdigen.

Es kam dann aber doch, wie es kommen musste: Die Kinder stürzten sich am Morgen in aller Herrgottsfrühe auf die mangels Kamin neben dem Fenster aufgehängten Nikolausstrümpfe, freuten sich über den Inhalt, während Fritz fröhlich an einem roten Turnschuh herumkaute. Mein Großer meinte nur: „Die sind sowieso alt. Wenn sie jetzt noch Löcher bekommen, brauche ich zu Weihnachten dringend neue Turnschuhe." Teenager – man muss sie und ihre Unverfrorenheit einfach lieben.

Eine heiße Spur

Es war kurz nach dem zweiten Advent, als ich meine Patentante besuchte. Ich kam zusammen mit Kira, meiner neun Monate alten Hündin. Bevor wir zu Tante Agathe gingen, drehte ich mit Kira noch eine ausführliche Gassirunde. Kira war ganz in ihrem Element: Sie schnüffelte hier, schnupperte da und steckte ihre Nase überall hinein, wo sie auch nur ansatzweise hineinpasste.

Tante Agathe wartete schon am Fenster auf uns. Kira zerrte an der Leine und ich machte sie gedankenverloren los. Sie sauste schneller davon, als mir lieb war. Ich verdrängte den Gedanken, dass das jetzt wohl nicht so clever gewesen war, und rief Kira, die auch prompt die Ohren spitzte. Doch dann nahm sie wohl eine Witterung auf. Jedenfalls rannte sie wie ein geölter Blitz davon und hörte auch auf mein Rufen nicht mehr. Ich sah, wie sie in einem Erdloch verschwand, und mir wurde himmelangst bei dem Gedanken, wie ich sie dort wieder rausbekommen sollte. Schnell lief ich hin.

Kira war in der Tat vollständig in dem offenbar verlassenen Kaninchenbau verschwunden. Ich rief sie, rieb Leckerli zwischen meinen Fingern und hörte aber immer nur ein Rumpeln und Rappeln in dem Bau. Hoffentlich erwischte sie nicht doch noch ein Kaninchen, betete ich. Dann ging alles blitzschnell – keine fünf Meter von mir entfernt erschien Kiras braungraue Schnauze aus einem anderen Loch, das ich bisher nicht bemerkt hatte. Kira strich mir aufgeregt um die Beine und ich nutzte die Chance, ihr fix die Leine wieder anzulegen.

„Das passiert mir nicht noch einmal“, versicherte ich Tante Agathe später bei einem Glas Punsch und ihrem köstlichen Apfelstrudel. Kira indes schlummerte, als wäre nichts geschehen.

Der Keksdieb

Unser vierbeiniger Liebling heißt Balu. Er hat viele gute Eigenschaften, ist aber leider sehr verfressen. Und natürlich ist er besonders scharf auf alles, was nicht gut für ihn ist. Der Besuch bei meiner Oma mit Balu im Schlepptau war dann nicht nur für mich eine Herausforderung, sondern auch für meine Frau und die Kinder. Während im Wohnzimmer der Tumult ausbrach, wie er mit drei kleinen Urenkeln normal ist, verschwand ich zu Omi in die Küche. Ich bin ihr einziger Enkel, dass ich drei Kinder habe, machte sie mehr als glücklich. Trotz ihrer 86 Jahre kochte und backte sie wie eh und je. Es duftete köstlich nach Zimt und Vanille. Omi arrangierte Kuchenstücke auf großen Tellern und freute sich diebisch über meinen verdutzten Blick, während ich überlegte, ob ich es wagen konnte, mir ein Stück zum Probieren zu stibitzen. Omi war da schon ein bissel eigen, bevor sie nicht fertig war, gab es nichts. Und sie war noch nicht fertig, einen Teller schob sie ganz auf die Seite, da kamen nur wenige Kekse drauf, der große Rest verschwand in einer Keksdose.

Plötzlich kam Balu in die Küche. Klar, er wollte auch meine Omi begrüßen. Dabei witterte er die Plätzchen. Schneller als ich reagieren konnte, riss er den Teller vom Tisch, der dabei glücklicherweise nicht zerbrach. Einen Keks hatte Balu aber erwischt und lief damit ins Wohnzimmer.

„Nimm ihm den Keks weg, da ist Schokolade drauf!", rief ich meiner Frau zu. Da deutete Omi auf den Teller und die restlichen Kekse am Boden. „Heb das mal auf, mein Junge, und lass den Hund fressen. Das sind Hundekekse, ohne Schokolade natürlich, mit Wurststückchen. Das Rezept hab ich von einer Nachbarin." Und während die Kinder im Wohnzimmer mit Balu beschäftigt waren, nahm ich Omi ganz fest in den Arm – sie denkt eben doch an alles.

Kein Weihnachtsmarkt ist auch eine Lösung

Die Adventszeit war wie in jedem Jahr stressig: Adventsfeiern in der Schule, im Sportverein und mit Kollegen. Geschenke kaufen, Plätzchen backen und bei all dem ja niemanden vergessen. Da war die Gassirunde mit Betti, unserer kleinen Familienhündin, eine willkommene Auszeit von dem ganzen Stress.

Kaum draußen kam mir die Idee, einen Abstecher auf den Weihnachtsmarkt zu machen. Betti zuliebe, die schon ganz aufgeregt an mir hochhopste, nahm ich den Weg durch den Park und kam dort an der Hundewiese vorbei. Nun gab es für Betti kein Halten mehr, sie kannte die Hundewiese und auch die meisten Hunde dort, sie zog und zerrte an der Leine, sodass ich gar nicht anders konnte, als das eingezäunte Areal anzusteuern und sie loszumachen. Sofort sauste sie davon und amüsierte sich mit ihren vierbeinigen Freunden, während ich mich zu den anderen wartenden Hundehaltern gesellte.

„Eigentlich wollte ich mit ihr auf den Weihnachtsmarkt“, sagte ich und ahnte schon, dass es wohl bei einem Wunsch bleiben würde.

„Schlechte Idee“, warf der Besitzer eines Pudels ein. „Zu viele Füße, und die Leute passen ja auch nicht auf, wo sie hintreten.“ Die anderen nickten zustimmend und ich ahnte, dass er Recht hatte.

„Wenn wir ehrlich sind, geht's uns doch hauptsächlich um den Glühwein“, lachte eine beleibte Frau schwer schätzbaren Alters und zog eine Thermoskanne samt Pappbechern aus der Tasche. „Ich habe da mal was vorbereitet“, sagte sie und verteilte Glühwein an alle, die welchen wollten. „Um diese Jahreszeit habe ich immer eine Kanne Tee oder Glühwein dabei. Und da man nie weiß, wen man trifft, auch Becher“, freute sie sich über den Zuspruch. Genial, dachte ich, so kam ich doch noch zu meinem Glühwein, ganz ohne das Getümmel auf dem Weihnachtsmarkt.

Ein unpassendes Geschenk

Als Gemeindehelferin besuche ich in der Adventszeit unsere älteren Gemeindemitglieder zu Hause. An diesem Donnerstagnachmittag war ich auf dem Weg zu Frau Keller. Ich kannte sie nicht gut, sie war vor einiger Zeit verwitwet und hatte zuvor lange ihren Mann gepflegt. Umso gespannter war ich nun. Da mein Mann und ich eine Gärtnerei haben, hatte ich ihr einen hübschen Weihnachtsstern als Geschenk mitgebracht.

„Oh, das ist aber lieb“, freute sich meine Gastgeberin und drehte sich dann etwas unschlüssig mit der Pflanze in der Hand. „Ich muss nur überlegen, wo ich sie hinstelle. Mein Rocky darf ja nicht rankommen, Weihnachtssterne sind für Hunde giftig“, sagte sie. Im gleichen Moment ärgerte ich mich schon über mein unbedachtes Geschenk.

„Tut mir leid. Dass Sie einen Hund haben, wusste ich nicht“, stotterte ich verlegen. Doch Frau Keller winkte ab. „Ich habe Rocky auch noch nicht lange. Meine Kinder haben mich überzeugt, damit ich wieder mehr unter Leute gehe. Mit einem Hund muss man ja vor die Tür. Nur ist Rocky, nun ja …“, unterbrach sie sich. Was mochte das bedeuten? Hoffentlich war das Tier nicht auch noch krank! Sie stellte den Topf erst einmal ab, während ich mich nach Rocky umschaute. Doch weit und breit war kein Hund zu sehen.

Erst als wir uns an den Tisch setzten – Frau Keller hatte Kaffee und Kuchen für uns vorbereitet –, hörte ich leise Geräusche. Dann sah ich, wie eine geradezu winzige Schnauze hinter dem Sofa hervorlugte, wenig später stand ein zarter Chihuahua neben dem Tisch und mühte sich, auf ein Bodenkissen zu klettern. „Sein Lieblingsplatz“, schmunzelte Frau Keller und schob den Weihnachtsstern noch ein bisschen weiter nach links. „Sicher ist sicher, nachher stelle ich ihn auf den Tisch.“ Gute Idee, dachte ich. Dort war er wirklich unerreichbar für Rocky.

Auf gute Nachbarschaft

Anfang Dezember wurde mein Traum wahr – ich konnte endlich in meine neue Wohnung umziehen. Was hatte ich gesucht! Nun war alles eingeräumt und ich hatte sogar schon die ersten Plätzchen in meinem nagelneuen Herd gebacken. Plötzlich klingelte es an der Tür.

Es war der Paketbote, der mich fragte, ob ich für die Nachbarin im vierten Stock etwas annehmen würde. Ehrensache, doch es war nicht ein Paket, nein, es waren drei! Ich nickte dennoch freundlich, in der Annahme, Frau Weiß sei nicht zu Hause, schließlich kannte ich hier noch niemanden. Als am Abend die Pakete immer noch bei mir lagen, machte ich mich mit einem Teller Plätzchen als Einstandsgeschenk und den Paketen auf den Weg nach oben. Dabei war es gar nicht so leicht, alles durchs Treppenhaus zu balancieren.

Ich war heilfroh, als ich oben ankam und nichts runtergefallen war. Ich klingelte und bereute es fast im selben Moment, denn hinter der Tür ertönte ein Gebell, als würde dort eine ganze Horde Kampfhunde wohnen. Mir wurde richtig bange. Vielleicht, schoss es mir spontan durch den Kopf, wusste der Paketbote, warum er da nicht klingeln wollte. Dann hörte ich Schritte. Als die Tür geöffnet wurde – ich befürchtete wirklich das Schlimmste –, sauste ein kleiner Hund heraus, hopste an mir hoch und brachte damit den Teller, den ich aufs oberste Paket gestellt hatte, gefährlich ins Wanken.

„Mensch, Lotta, erschrick sie doch nicht so!", rief die Nachbarin und griff als erstes nach dem Teller mit den Plätzchen. „Nicht, dass die noch zu Boden gehen", lachte sie und nahm mir dann nach und nach auch die Pakete ab. „Ich habe für meine Lotta eingekauft, das ahnt sie wohl", sagte sie dann und bat mich herein, um beim Kaffee die Plätzchen zu probieren. Und während wir uns kennenlernten, machte sich Lotta an den Kartons zu schaffen. Sie ahnte wohl wirklich, dass der Inhalt für sie war.

Mit Lunas Hilfe

„Komm schon, Luna, fang!" Bruder Theobald hatte sichtlich Spaß, die junge Hündin durch den Park zu scheuchen. Luna machte der Winter nichts aus, sie war ein Jahr alt und der junge Franziskaner war froh, dass er sich das Energiebündel von Zeit zu Zeit ausleihen konnte.

Lunas Besitzer, die er aus der Gemeinde kannte und die ganz in der Nähe des Klosters lebten, freuten sich auch darüber. Luna sprang über jeden Baumstamm, um Bruder Theobald herum und dann wieder an Clemens hoch. Sie gebärdete sich wie aufgezogen.

Clemens genoss die abendlichen Spaziergänge mit Bruder Theobald. Er musste ohnehin eine große Runde mit Luna laufen und so wurde diese für ihn sehr kurzweilig. Die Gespräche mit dem Franziskaner drehten sich um Gott und die Welt, sie waren über die letzten Monate hinweg bereits gute Freunde geworden. Sie diskutierten gerade angeregt, als Luna davonpreschte, und zwar in Richtung eines Gartens aus dessen nachgelagertem Haus leise Musik drang.

„Luna?“, rief Theobald erschrocken, doch Clemens winkte ab. „Wer weiß, was sie schon wieder entdeckt hat.“

Die beiden Männer gingen schneller und als sie den Gartenzaun erreichten, über den Luna mit einem Satz gesprungen war, sahen sie, dass sich die schwarz-weiße Hündin eifrig an einer offenbar nur angelehnten Terrassentür zu schaffen machte.

„Hey, Luna, lass das!“, rief Clemens nun erschrocken. „Mist, sie hat irgendwas entdeckt, kannst du was erkennen?“ Ein paar Büsche versperrten den beiden die Sicht. Während sie sich durchs Gebüsch schlugen, um die nicht gehorchende Hündin einzufangen, hörten sie Luna kläffen.

Clemens wunderte sich. Für gewöhnlich gehorchte sie aufs Wort. Theobald hatte als Erster freie Sicht über die Terrasse in ein Wohnzimmer, und sofort sah er die auf dem Boden liegende Person. Luna sprang an der Terrassentür hoch und stemmte ihren Kopf in den Türschlitz. Offenbar war sie nicht völlig verschlossen.

„Da wohnt Frau Bertram“, fiel es Theobald ein. „Sie ist Ende Siebzig. Ich bin schon mal bei ihr gewesen. Bis vor ihrer Hüftoperation ist sie immer noch regelmäßig in die Kirche gekommen. Am besten rufe ich sofort den Notarzt. Kannst du Luna einfangen?“

Theobald drehte sich mit seinem Handy zur Seite. Clemens starrte auf den Zaun auf der Suche nach einer Lücke. Es würde ihm wohl nichts anderes übrig bleiben, als über den Zaun zu klettern, stellte er fest. „Oh Luna!“, brummte er, nicht ohne Stolz in der Stimme, denn sie hatte es geschafft, sich Zutritt zu verschaffen und lief sofort zu der am Boden liegenden Frau Bertram. Erleichtert stellte Clemens fest, dass diese ihre Hand fest in Lunas Fell krallte.

„Sie ist bei Bewusstsein!“, rief Clemens seinem Freund zu.

Dann nahm er den Zaun in Angriff. Es ging leichter als gedacht, auch wenn er kein wendiger Border Collie war. Als er auf der Terrasse ankam, sah er, dass Bruder Theobald ums Haus ging. Vorsichtig schob Clemens die Terrassentür auf.

„Keine Panik, Frau Bertram, ich bin es nur, Clemens Hildebrand. Bruder Theobald ist draußen, er hat einen Krankenwagen gerufen. Ich helfe Ihnen hoch, ja?“

Frau Bertram schüttelte den Kopf. „Das schaffen Sie allein nicht!“ Er sah, wie Tränen über ihr Gesicht liefen. „Ich habe künstliche Knie- und Hüftgelenke, ich bin völlig unbeweglich“, sagte sie. „Außerdem habe ich Angst, dass was kaputtgegangen ist!“

Clemens nickte, draußen hörte er eine Sirene näherkommen.

„Ich gehe schnell Theobald aufmachen, Hilfe ist unterwegs. Luna bleibt bei Ihnen ja?“

Wie auf Kommando stupste Luna die am Boden liegende Frau sanft an. Clemens sah aus dem Augenwinkel, wie sie Luna streichelte. Clemens ging rasch zur Tür und öffnete sie. Dann ging alles ganz schnell. Zwei Sanitäter und ein Notarzt eilten in die Wohnung.

„Ihr Hund?“, fragte der Arzt Frau Bertram, als er ihre Gelenke abtastete. „Hat er für Sie Hilfe geholt? Prima Idee und gut erzogen, muss man sagen!“

„Nein“, flüsterte Frau Bertram. „Aber wenn sie mich nicht entdeckt hätte, wer weiß …“

Der Notarzt meinte. „Wir nehmen Sie mit in die Klinik und klären alles genau ab.“

Frau Bertram stimmte seufzend zu.

„Sie sind sicher schnell wieder zu Hause, garantiert noch vor Weihnachten. Und dann kommen Luna und ich auf unserer Abendrunde täglich bei Ihnen vorbei und sehen nach, ob es Ihnen gut geht“, versprach Clemens. Luna wedelte zur Bestätigung mit dem Schwanz und Frau Bertram lächelte glücklich.

„Täglich schaffen Sie ja gar nicht, Sie haben Familie. Aber wenigstens ab und zu“, sagte sie.

„Na, die Zeit nehmen wir uns, was Theobald? Abwechselnd? Und für die restlichen Stunden des Tages besorgen wir Ihnen lieber einen Notrufknopf!“

Gut versteckt

Plätzchenbacken mit der Familie gehört bei mir im Advent einfach dazu. In diesem Jahr hatte sich meine Schwester mit ihren beiden Kindern angesagt. Wir waren also ein lustiges Grüppchen, das sich da in meiner Küche zusammengefunden hatte. Leni und Jona, fünf und sieben Jahre alt, waren mit Feuereifer bei der Sache, zumindest so lange, bis die Bleche im Ofen verschwunden waren.

„Wir spielen Verstecken", rief Leni und wie auf Kommando sausten die beiden davon. Selbst meine Schwester ließ sich anstecken, genauso wie Moritz, mein Hund. Der ist zwar sonst eher von der gemütlichen Sorte, aber wenn meine Nichte und mein Neffe zu Besuch kommen, dann mutiert er zum Kinderliebling und tobt mit ihnen herum, versteckt sich unter dem Tisch und lässt sich mit großem Hallo finden.

Es war also reichlich turbulent, bis der Kurzzeitwecker ertönte. Die Plätzchen waren fertig, vier Bleche konnte mein Backofen gleichzeitig bewältigen, eine Menge Plätzchen, zumindest für den Moment.

„Kommt, wir wollen sie doch verzieren“, rief ich. Doch die Kinder kamen erst, nachdem meine Schwester das Versteckspiel mit ihnen zu Ende gespielt hatte und sie „gefunden“ worden waren. Dann liefen sie noch einmal zur Hochform auf. Erst als wir fertig waren, die Kinder längst im Wohnzimmer spielten und wir uns mit ein paar Plätzchen und Kaffee gemütlich hinsetzen wollten, fiel mir auf, dass einer fehlte: Moritz.

„Der hat sich versteckt und ihr habt ihn nicht gefunden“, stellte meine Nichte fest. „Ihr müsst nur richtig suchen!“, verlangte sie. Doch ich brauchte nicht zu suchen, ich kannte meinen Moritz schließlich und wusste, wo ich ihn finden würde – im Schlafzimmer, unter meiner braunen Strickjacke, die er so sehr liebte, dass er sie sogar vom Bügel zerrte, und in die er sich immer einkuschelte, wenn ihm der Trubel im Rest der Wohnung zu viel wurde.

Neue beste Freunde

Mama ist leider ein bisschen pingelig, wenn es um ihre Wohnung geht. Deshalb hatte ich auch ein mulmiges Gefühl, als ich mit Sammy bei ihr zum Adventsbesuch ankam. Sammy war erst ein paar Monate alt und noch nicht so wirklich erzogen. Ich war aber gut vorbereitet, Sammy saß in einer eigens für ihn angeschafften Tasche und steckte neugierig seine Schnauze heraus. Als wir bei Mama ankamen und ich die Tasche auf den Boden stellte, war es dann ganz schnell vorbei mit der Zurückhaltung, zumindest bei Mama.

„Ist der süß!“, rief sie, öffnete die Tasche und hob Sammy heraus. „Du kannst ihn doch nicht einsperren“, hielt sie mir vor und sah belustigt zu, wie der Dreikäsehoch munter durch die Wohnung tapste, die Weihnachtsdekoration im Wohnzimmer beschnupperte und sich dann auf den kleinen Plüschläufer vor den Kamin legte. Ich saß am Tisch und hätte gern einen Kaffee gehabt, doch Mama konnte sich gar nicht von Sammy lösen.

„Der arme kleine Kerl braucht doch auch etwas zu fressen", sagte sie.

„Wasser", schlug ich vor. „Mehr braucht er gerade nicht."

Mama ging in die Küche und kam erst nach einer gefühlten Ewigkeit wieder zurück. „Wo hast du das Wasser denn hergeholt?", zog ich sie auf, doch Mama präsentierte mir einen kleinen Keramikteller, auf dem sie ein Ei kleingeschnitten und mit Käsewürfeln und Bananenstückchen verziert hatte. Dazu ein Schälchen mit Wasser. „Er soll doch auch was Leckeres haben, wenn er schon mal hier ist", sagte Mama und stellte Sammy sein Tellerchen hin, der das Angebot dankbar annahm. Nun setzte sie sich auch noch auf den Teppich, um ihm beim Fressen zuzusehen!

Kopfschüttelnd ging ich in die Küche und stellte selbst die Kaffeemaschine an. Wer hätte gedacht, dass Sammy so schnell alle Aufmerksamkeit auf sich ziehen würde!

Unser Kuschelmops

Meine Schwester lebt im Erzgebirge, und wir sehen uns nicht so oft. Im Advent finde ich aber immer Zeit, sie zu besuchen. Dass in den Bergen jede Menge Schnee lag, machte die Sache für die Kinder natürlich zum absoluten Highlight. Kaum angekommen, stürmten Hanna und Marie los. Meine Frau hakte sich bei meiner Schwester unter, nur Bruno, der Familienmops, zögerte. Sein brummeliges Moppern machte mir sehr deutlich, was er von der kalten weißen Pracht hielt: rein gar nichts. Erst nach viel Zureden sprang er überhaupt aus dem warmen Auto und lief kurz im Schnee herum, dann wollte er nur noch rein. Dass die Kinder mit ihm im Schnee spielen wollten, war ihm mopsegal. So sehr er sie sonst liebte, hier war nichts zu machen.

Sobald wir im warmen Wohnzimmer waren, ließ er sich direkt neben der Heizung nieder. Hanna baute Bruno sogar einen Schneemann, um ihn nach draußen zu locken, doch in Bewegung setzte er sich erst, als Marie ihn mit Käsewürfeln nach draußen lockte. Verfressen war er ja, Schnee hin oder her.

„Siehst du, Papa, der Schneemann gefällt Bruno", freute sich Hanna und streichelte Bruno, während Marie die Augen verdrehte und auf die Käsewürfel in ihrer Hand deutete. Ich schüttelte unmerklich den Kopf und Marie verstand. Der Tag würde für Hanna viel schöner enden, wenn sie dachte, dass ihr Schneemann Bruno aus dem Haus gelockt hatte. Und noch während sich Hanna über ihren vermeintlichen Erfolg freute, war Bruno längst wieder ins Haus gehuscht und hatte sich unter der von meiner Schwester bereitgestellten Decke eingekuschelt. Und während er so vor sich hindöste, konnte ich mir ganz genau vorstellen, wovon mein Moppi träumte – von trockenem Wetter, milden Temperaturen und einem gewaltigen Leckerli-Regen.

Eine haarige Sache

Als Pfarrer versuche ich mir im Advent Zeit zu nehmen, unsere älteren Gemeindemitglieder zu Hause zu besuchen. Heute wollte ich zu Frau Kollmer. Sie lebte mit ihrem Schäferhund etwas außerhalb und bekam nicht so viel Besuch. Ich hatte Stollen besorgt und stand gespannt vor ihrer Tür, hinter der nach dem Klingeln lautes Gebell ertönte.

„Lass den Pfarrer doch rein, Fiete“, hörte ich Frau Kollmer sagen. Kaum öffnete sich die Tür, hechelte mich Fiete auch schon an und rannte mich fast um. „Komm rein, Fiete“, rief Frau Kollmer. „Und Sie natürlich auch, Herr Pfarrer.“

Ich versuchte es, doch es war gar nicht so leicht, an dem großen Hund vorbeizukommen. Irgendwie schaffte ich es doch und überreichte meiner Gastgeberin den Stollen. Beinahe trat ich Fiete auf die Pfoten, denn dieser Hund war überall gleichzeitig. Als wir Platz nahmen, setzte er sich neben sein Frauchen und beschnupperte alles, was auf dem Tisch stand.

„Lass das“, maßregelte ihn Frau Kollmer, doch Fiete

ließ sich nicht stören. „Er ist sehr neugierig“, entschuldigte sie ihn. Als ich nach dem Zucker greifen wollte, schnappte er nach mir. Schnell entschied ich, dass ich den Kaffee auch schwarz trinken konnte. Auch ein Gespräch war kaum möglich, denn Fiete lenkte immer die Aufmerksamkeit auf sich. Als ich zur Toilette gehen wollte, biss er in mein Hosenbein, was meinen Nerven den letzten Rest gab.

„Ich fürchte, ich muss mich verabschieden. Termine, Sie wissen ja“, bedauerte ich und griff nach meiner Jacke. Nur weg von Fiete, auch wenn es wie eine Flucht aussah.

„Kommen Sie bald mal wieder!“, rief Frau Kollmer zum Abschied. „Unbedingt!“, rief ich und winkte aus sicherer Entfernung.

Ein Hund auf der Orgelbank

Odo und ich fanden zusammen, als ich in den Ruhestand ging. Ich hatte meine Arbeit als Musiklehrer geliebt und fürchtete mich ein wenig vor der Einsamkeit, doch dank Odo kam ich gar nicht dazu, mich allein zu fühlen. Odo ist ein Husky und braucht viel Aufmerksamkeit und Bewegung. Beides kann ich ihm geben, denn ich bin gesundheitlich fit und habe Zeit. Früher habe ich auch immer mal an der Orgel in der Gemeinde ausgeholfen, doch dann konnte man eine junge Kirchenmusikerin gewinnen und der wollte ich nicht ins Handwerk pfuschen. Deshalb freute ich mich umso mehr, als sie mich neulich anrief und fragte, ob ich nicht mal wieder aushelfen wolle.

„Ich habe ja kleine Kinder. Die sind öfter mal krank und ich falle aus", erklärte sie. Das sah ich ein. Doch nun hatte ich ein kleines Problem: Odo blieb nicht allein. Er war es schlichtweg nicht gewöhnt. Ich nahm ihn ja überallhin mit.

Kurz entschlossen nahm ich ihn auch zum ersten Gottesdienst, den ich begleiten durfte, einfach mit.

Odo war Musik ja schließlich gewöhnt. Die Ministranten waren schon bei unserem Eintreffen begeistert.

„Ist der süß, darf man den streicheln?“, fragte Jasmin. Ich hatte ihre Mutter früher in Musik unterrichtet, die Ähnlichkeit war verblüffend. Natürlich durfte sie, die anderen selbstverständlich auch. Als der Gottesdienst dann begann, schüttelte sich Odo kurz und fläzte sich dann neben mich. Er machte keinen Mucks, wie der Pfarrer hinterher bewundernd feststellte. Und über einen Mangel an Bereitschaft bei den Ministrantenkindern für die frühen Sonntagsgottesdienste musste er sich auch nicht mehr beklagen. Jeder wollte da nun gern eingeteilt werden. So war allen gedient.

Unschuld auf vier Pfoten

Das Abendessen unseres Gemeinderates ist jedes Jahr in der Adventszeit ein Highlight. Besonders meine Fleischbällchen, für die ich sogar das Fleisch selbst durch den Fleischwolf drehe, sind legendär. Da die Herstellung etwas aufwendig ist, fing ich rechtzeitig an und stellte anschließend die Schüssel mit den fertigen Fleischbällchen zum Abkühlen auf die Anrichte. Es war früher Nachmittag, als es klingelte. Der Postbote bat mich, Pakete für die halbe Nachbarschaft anzunehmen. Ich tat ihm den Gefallen, wuchtete die Teile in den Flur und stolperte dabei über Simba. Simba ist unser Golden Retriever. Er ist sehr zutraulich, sehr anhänglich und sehr liebebedürftig. Jeder Besucher wird schwanzwedelnd empfangen, als wäre er seit einem Jahrzehnt verschollen gewesen. Eine Schwäche hat Simba jedoch: Er ist so verfressen, wie ein Hund nur sein kann. An ihm war, um es mit den Worten meiner Tochter zu sagen, ein Mops verloren gegangen, die ja für ihre Verfressenheit bekannt sind.

Gerade als ich mit den ganzen Paketen im Flur stand,

kam Simba angewedelt. Fröhlich beschnupperte er die Pakete eines nach dem anderen, schaute mich dabei immer wieder fragend an, so als würde er darauf warten, dass ich sie öffne und seine Neugier befriedige.

„Das sind nicht unsere, Simba“, erklärte ich ihm und schmunzelte insgeheim über mich selbst. Aber ich war ja nicht die Einzige, die mit ihrem Hund redete. Jedenfalls ging ich wieder ins Wohnzimmer, und zwar an der Anrichte vorbei. Ich war schon fast in der Küche, als mir auffiel, dass ich die Dose mit den Fleischbällchen dort gar nicht hatte stehen sehen. Also ging ich zurück. Und stellte verdutzt fest, dass sie wirklich nicht auf der hüfthohen Anrichte stand.

„Simba?“, rief ich streng. Mein Vierbeiner kam angelaufen und setzte sich erwartungsfroh hechelnd vor mich hin. „Hast du die Klopse geklaut?“, fragte ich streng. Simba legte den Kopf schräg und schaute mich mit einem Blick an, als könne er kein Wässerchen trüben. Aber was hatte ich auch erwartet? Dass mir Simba jaulend gestand, die Dose mit den Fleischbällchen erst runtergeworfen und dann den Inhalt aufgefuttert zu haben? Ich hatte allerdings kein Gepolter gehört. Andererseits stand die Anrichte auf einem Teppichboden und ich hatte einige Zeit mit dem Postboten geschwatzt.

„Du frecher Kerl!“, schimpfte ich und merkte, dass ich richtig sauer wurde. Andererseits, dieser Blick! Ich grummelte eine Weile vor mich hin und stellte erst nach einer Weile fest, dass Simba immer wieder um seinen leeren Napf herumschlich. Klar, seine Zeit war ran.

„Du willst jetzt ernsthaft auch noch Futter haben?“, fragte ich. Wieder dieser unfassbar treuliebe Hundeblick. Ich seufzte innerlich auf. Es war nicht zu fassen, was dieser Hund wegfuttern konnte.

„Na gut“, brummte ich, „einen Löffel Nassfutter kriegst du noch!“

Ich füllte einen Klecks Futter in seinen Napf, den Simba in null Komma nix aufmampfte. Danach konnte er mir noch so sehr im Weg rumstehen, ich blieb hart, es gab nichts mehr. Ich musste mir schließlich eine Alternative zu meinen Klöpschen einfallen lassen.

Eine halbe Stunde später kam meine Tochter Julia die Treppe runtergejagt. „Ich habe es eilig, Mama, meine Freunde warten!“ Ich erinnerte mich: Sie wollte sich mit Freunden zu einer Party treffen. Julia war gerade dabei, sich die Schuhe anzuziehen, als sich Simba auf ihren Rucksack stürzte.

„Nein, geh weg!“, rief sie ärgerlich und zog Simba den Rucksack weg. Der war nun aber erst recht angestachelt. Beide zerrten an dem Rucksack herum, er ging auf und etwas polterte heraus. Eine Dose mit Klöpschen. Simba musste sie durch die Verpackung durch erschnüffelt haben, denn luftdicht war die Dose ja nicht. Ich griff am schnellsten zu.

„Das sind meine!“, stellte ich klar.

„Mama, bitte“, sagte Julia eindringlich. „Es tut mir leid, aber ich habe vergessen, für die Party einzukaufen. Jeder sollte was zu essen mitbringen, und jetzt schaffe ich das nicht mehr.“

„Vergessen einzukaufen?“, schnappte ich nach Luft. „Du hast gar nichts?“

Julia nickte betreten. Ich suchte kopfschüttelnd Lebkuchen und Kekse zusammen. „Servietten mit Weihnachtsmotiv sind im Schrank“, sagte ich und drückte ihr den Rest in die Hand. „Und nun los, sonst kommst du zu spät.“ Und während Julia schnurstracks das Haus verließ, verzog sich Simba winselnd und mit hängendem Schwanz in die Küche.

Ich folgte ihm und füllte reumütig seinen Napf auf. Großzügig, mit einer Extraportion seiner Lieblingsleckerlis. Wo ich ihn doch völlig zu Unrecht verdächtigt hatte! Armer Simba, der hat es schon nicht leicht mit uns.

Ein Häppchen für Monti

Manchmal neige ich dazu, Dinge zuzusagen, deren Tragweite mir erst später klar wird. So war es auch mit meiner Einladung zum Weihnachtsessen an meine Familie. Dabei hatte ich noch nie für meine Eltern und meine Schwester ein Festessen zubereitet.

„Tja, Monti, da hab ich mich ja auf was eingelassen“, seufzte ich, als mir mein treuer Vierbeiner in der Küche um die Beine streifte. Nach einem Abend voller Grübeln entschied ich mich, das Festmahl probezukochen. Wäre doch gelacht, wenn ich so eine Gans nicht hinbekäme! Ich hatte schließlich bei Mama viele Male zugeschaut.

Gesagt, getan: Ich besorgte alles und legte los. Dank YouTube kam ich mit der Gans auch besser zurecht als gedacht, und es dauerte nicht lange, da duftete es schon recht verführerisch. Als Gast hatte ich mir meinen Freund eingeladen, doch noch bevor der einen Happen probieren konnte, stand Monti mit seinem Napf im Maul vor mir.

„Der will auch was abhaben“, meinte mein Freund grinsend. Doch angesichts der schon vorgerückten

Stunde wurde mir schlagartig klar, dass ich tatsächlich vergessen hatte, Monti zu füttern. Fix holte ich sein Futter und nahm ihm den Napf ab. „Nein, das ist nichts für dich, obwohl es dir bestimmt schmecken würde“, murmelte ich ihm zu. „Aber für dich ist Hundefutter viel besser.“

Ich stellte ihm den Napf wieder hin und präsentierte meinem Schatz das Ergebnis meiner Kochkünste. Und unter dem neugierigen Blick Montis schaufelte sich der erst mal den Teller voll.

„Hm“, murmelte er und steckte sich einen großen Bissen in den Mund. „Das schmeckt echt gut.“

Das Probekochen war ein voller Erfolg, freute ich mich. Und Monti bekam dann doch noch ein Häppchen ab, da konnte ich nicht anders.

Beute

Unsere Emma ist der liebste Hund der Welt – verschmust, verspielt, ausgeglichen und hört aufs Wort. Zumindest normalerweise. Denn als wir mit Emma neulich auf dem Weihnachtsmarkt unterwegs waren, zeigte sich, dass sie auch anders konnte: Sie zerrte an der Leine, konnte sich gar nicht entscheiden, ob sie lieber laufen oder stehenbleiben wollte, kläffte so ziemlich jeden an, und zur Krönung hopste sie an mir hoch, sobald ich kurz anhielt. An einen entspannten Bummel über den Weihnachtsmarkt war jedenfalls nicht zu denken.

„Das sind ihr bestimmt zu viele Leute", meinte mein Mann, der sich ebenfalls mühte, Emma zu beruhigen. Dann entdeckte ich einen Stand mit meinem Lieblingspunsch und drückte meinem Mann die Leine in die Hand. „Hier, halt mal", sagte ich und wollte mich gerade anstellen, als ich sah, dass Bernd die Leine nicht richtig zu fassen bekam und Emma just in diesem Moment daran zerrte. Schwupps rutschte sie Bernd aus der Hand und Emma suchte in dem Gewusel das Weite.

Augenblicklich war mir die Lust auf den Punsch vergangen, stattdessen jagte ich meinem Dackel hinterher, was auf dem gut besuchten Weihnachtsmarkt kein leichtes Unterfangen darstellte. Doch zum Glück rannte Emma gar nicht weit weg, sie hielt direkt auf einen Stand mit den Mützen und Schals zu und manövrierte sich geschickt an zahlreichen Beinen vorbei.

Dort angekommen sah ich, wie sie hochhopste und einen gelben Schal herunterzerrte. Zum Glück kam ich in dem Moment bei ihr an, als der Inhaber des Standes Emmas Tat entdeckte. Er kam nicht zum Schimpfen, ich bezahlte ihm das gute Stück und band ihn Emma um den Hals. Und als ob sie darauf nur gewartet hätte, war sie für den restlichen Abend der ruhige, verschmuste kleine Dackel, den wir kannten.

Der Wald daheim

Milli, vom Format her der klassische Schoßhund, und ich waren bei meiner Freundin Verena eingeladen, die uns auch schon sehnsüchtig erwartete. Während Milli aufgeregt an Verena hochsprang, fragte ich verwundert: „Du hast schon den Weihnachtsbaum geschmückt?“ In ihrer Wohnung roch es herrlich nach frischer Tanne, ein Duft, den auch Milli ganz verführerisch fand. Sie stürmte sofort auf den Weihnachtsbaum zu. Aufgrund ihrer minimalen Größe kam sie prima unter den untersten Zweigen hindurch. Sie umrundete erst einmal den ganzen Baum, schnüffelte hier, schnupperte da, dann ließ sie sich auf der dekorativ den Baumständer verdeckenden Jutedecke nieder und hechelte fröhlich.

„Ich fahre doch schon ein paar Tage vor Weihnachten zu meinen Eltern und bleibe dann bis ins neue Jahr dort“, erklärte mir Verena, während sie den Kakao und die Plätzchen auf den Tisch stellte. „Und um auch noch etwas von meinem schönen und endlich mal wieder echten Tannenbaum zu haben, habe ich ihn eben jetzt schon aufgestellt.“

Verena lachte, und wir ließen uns die Plätzchen schmecken, während Milli nicht unter dem Tannenbaum hervorzulocken war. „Das ist ein Zeichen", kicherte Verena, als Milli nicht mal auf Käsewürfel ansprang. „Sie will einen Weihnachtsbaum, einen echten, und zwar ganz für sich alleine!"

Auf dem Heimweg ging ich mit Milli dann am Waldrand vorbei, offenbar mochte sie den Duft ja so gerne. Denn einen echten Weihnachtsbaum wollte ich mir eigentlich nicht in die Wohnung stellen. Nicht mal Milli zuliebe.

Eine geniale Idee

Ich liebe es zu dekorieren, gerade und besonders im Advent. Stimmungsvolle Engelsfiguren, eine Weihnachtskrippe und natürlich der obligatorische große Strauß aus Tannenzweigen samt Dekor – ich hatte alles bereitgelegt. Doch obwohl ich meinte, ich hätte an alles gedacht, drohte mir ausgerechnet unser Terrier Jacky einen dicken Strich durch die Rechnung zu machen. Neugierig wie er eben war, wurde er wach, kaum dass ich angefangen hatte. Zunächst blieb er auf Abstand, doch als ich die Krippe hundesicher auf dem Sideboard aufbaute, hopste er zwar an mir hoch, kam jedoch nicht wirklich an etwas ran. Das machte ihn natürlich nicht glücklich.

Dann entdeckte er die kleinen Geschenkpakete, leer, mit Geschenkpapier verpackt und Schleifen verziert. Ich wollte sie wie immer unter dem Tannenstrauß platzieren, das gefiel mir noch besser als der Strauß in der Bodenvase alleine. Doch nun hatte Jacky erst mal eines erbeutet. Er stupste es an, feuerte es übers Parkett und freute sich, als er das Schleifenband in die

Pfoten bekam. Jacky merkte rasch, dass die Pakete ein wunderbarer Ballersatz waren. Ich musste Jacky erst mit seinem Ball ablenken, ehe ich ihm das Päckchen wieder abnehmen konnte. Später füllte ich dann wieder Vogelsand in die Pakete und stellte sie an Ort und Stelle. Jacky konnte sie nun keinen Millimeter mehr bewegen, zum Wegschubsen waren sie jetzt viel zu schwer, also verlor er ganz schnell das Interesse daran. Auf die bewundernden Blicke meiner Freundinnen freue ich mich jedenfalls jetzt schon – sie wundern sich seit Jahren, wie es mir gelingt, Jacky von den Paketen fernzuhalten. Ich behaupte gern, es läge an meiner guten Erziehung, den Trick mit dem Vogelsand behalte ich diskret für mich.

Begegnung mit Bella

Jannis und ich sind noch nicht so lange zusammen, deshalb freute ich mich auf das Kaffeetrinken mit seinen Eltern ganz besonders. Auch wenn ich ein wenig aufgeregt war. Und Jannis sorgte mit seinen kryptischen Anweisungen dafür, dass ich noch unsicherer wurde. „Zieh am besten Jeans an und nichts Helles", meinte er nämlich. Auf meine Frage, warum, bekam ich keine Antwort.

Erst als wir aus dem Auto stiegen, ließ er die Katze, besser gesagt den Hund, aus dem Sack. „Meine Eltern haben eine Schäferhündin. Sie heißt Bella. Aber du hast ja ein bissel Angst vor Hunden, deshalb habe ich nichts gesagt", meinte er locker.

Dann kam Bella auch schon angesaust in einem Tempo, dass mir angst und bange wurde. Lieb hin oder her, die war ganz schön groß. Mir wurde etwas flau im Magen. Ein Pfiff von Jannis' Vater, und Bella stoppte. „Keine Sorge, die tut nichts", rief er mir zu. Der Vater kam auf uns zu und Bella folgte ihm. Sie begrüßte Jannis euphorisch.

„Gib mir deine Hand", sagte er und hielt sie dann, zusammen mit seiner, Bella direkt vor die Schnauze. Bella schnupperte kurz daran, dann wandte sie sich mir zu und beschnupperte meine Schuhe und Beine. Klar, deshalb die Jeans. Dann schaute sie mich mit schräg gelegtem Kopf an. „Sie möchte gestreichelt werden", übersetzte Jannis. Ich tat ihr den Gefallen.

Sie hatte erstaunlich weiches Fell und drückte ihren Kopf fest gegen meine Hand. Damit war das Eis gebrochen. Der Besuch bei seinen Eltern war ein voller Erfolg, ich mochte sie auf Anhieb und sie mich auch. Jannis strahlte mich hinterher an. „Wusste ich doch, dass ihr euch gut verstehen würdet. Und Bella wickelt sowieso jeden um die Pfote."

Ertappt

In unserem Viertel gibt es einen netten kleinen Weihnachtsmarkt mit ein paar Ständen, an denen Lebkuchen, kandierte Äpfel und natürlich auch Glühwein verkauft wurden. Auch ein paar Kunsthandwerker boten dort ihre Waren feil und ganz zufällig lag dieser Weihnachtsmarkt auch auf meiner abendlichen Gassirunde mit Hakon und Hector, unseren beiden Hunden. Sie brauchen viel Bewegung und gehen auch bei Kälte gern lange raus. An diesem Abend schloss sich uns meine Frau an, die noch ein paar Geschenke für ihre Geschwister suchte.

„Etwas Handgemachtes kommt immer gut an“, sagte sie und so gingen wir gemeinsam an den kleinen Ständen vorbei. Wir hätten auch in aller Ruhe schauen können, denn viel war nicht los, doch Hakon und Hector zerrten immer wieder an der Leine.

„Wo wollen denn die beiden hin?“, fragte meine Frau nach einer Weile. Ich ahnte es zwar, wollte es aber nicht sagen, also bemühte ich mich, die Hunde ruhig zu halten. Doch es kam, wie es kommen musste: Ich drückte Susanne die Leinen in die Hand, weil ich nach meiner Geldbörse kramte, um ein hölzernes Schlüsselbrett für Susannes Schwester zu bezahlen, als Hakon die Chance nutzte und wieder heftig an der Leine zerrte. „Ich lass sie jetzt einfach mal", sagte Susanne und lockerte die Leine. Hakon und Hector setzten sich sofort in Bewegung, während ich zahlte und das Schlüsselbrett einpackte. Dann holte ich die drei ein.

Die Hunde führten Susanne und somit auch mich direkt zum Glühweinstand, wo wir von dem freundlichen Wirt auch sofort begrüßt wurden. „Wie immer?", fragte er, als er mich sah, und füllte bereits das Glas mit Glühwein und goss einen großen Schluck Weinbrand drauf. „Und für euch das hier", sagte er dann und holte unter der Theke je ein Leckerli für die Hunde hervor. Hakon und Hector ließen es sich schmecken – und ich fühlte mich von Susanne einigermaßen ertappt.

Ein Husky kommt selten allein

„Sag mal, was wiegst du eigentlich?“ Vicky glaubte, sich verhört zu haben. „Das ist jetzt nicht dein Ernst, oder?“, fauchte sie Daniel, ihren Mann, mit funkelnden Augen an. „Bin ich dir etwa zu dick geworden?“

„Nein, nein, gar nicht“, beteuerte Daniel und ruderte zurück. „Wirklich nicht, und ich glaube, so wichtig ist das auch nicht!“ Er sah zu, dass er sich schleunigst verdrückte.

„Ich frage ganz bestimmt nicht noch mal“, flüsterte er wenig später ins Telefon. Er hatte sich sogar ins Bad verzogen, damit Vicky nichts mitbekam. Aber in diesem Jahr wollte er ihr unbedingt ein ganz besonderes Weihnachtsgeschenk machen. „Ich nehme jetzt diesen Gutschein, ihr wollt das ja noch dieses Jahr machen, oder? Denk dran, das geht nur im Winter!“

Vicky war schon länger schlecht drauf; das lag wie jedes Jahr am üblichen Vorweihnachtsstress. Vicky mischte überall mit und meinte wohl, sie würde über endlose Energiereserven verfügen. Nur leider kam

deshalb die besondere Stimmung dieser Zeit am Jahresende viel zu kurz.

Dann war es dann so weit. Weihnachten! Sie feierten mit Vickys Eltern, und als Daniel ihr sein Geschenk überreichte, guckte sie einigermaßen skeptisch. „Ein Umschlag? Jetzt fängst du aber nicht auch mit Gutscheinen an, oder? Du weißt doch, dass ich so was überhaupt nicht leiden kann …“

Daniel verschloss ihr den Mund mit einem beherzten Kuss und deutete dann auf den Umschlag. „Mach auf und sag mir dann, wie ich das hätte einpacken sollen“, grinste er. Vicky las den kurzen Text und Daniel sah, wie sie schluckte. „Eine Schlittenfahrt mit einem Husky-Gespann? Ehrlich?“, flüsterte sie gerührt.

„Freust du dich?“, fragte Daniel schelmisch. Vicky nickte. „Ja, unglaublich.“

Trotzdem war es Daniel ein Herzensanliegen, noch etwas klarzustellen. „Hier, Schatz, deine Lieblingsschokolade“, säuselte er. „Dein Gewicht sollte ich bei der Buchung angeben, man darf nämlich nicht mehr als 80 Kilo wiegen. Ich habe jetzt einfach geschätzt.“

Vickys „Aha“ sagte Daniel, dass sie ganz genau wusste, was er da klarstellen wollte.

Bereits am zweiten Weihnachtsfeiertag war es so weit. Vicky stand die Vorfreude ins Gesicht geschrieben. Ihre Wangen waren vor Aufregung leicht gerötet und ihre Augen funkelten mit dem glitzernden Schnee um die Wette.

„Hi, ich bin Adam", wurden sie von einem blonden Burschen begrüßt, der einen herrlichen Husky kraulte. Das Tier war bildschön: grau-weiß-schwarzes Fell, das aussah, wie frisch geföhnt, und die blausten Augen, die sie je gesehen hatte.

„Na, kann es losgehen?", fragte Adam und bedeutete Vicky, den Hund zu streicheln. „Das ist Elmo, der Rudelführer. Er wird dich heute zusammen mit seinem Partner durch den Wald ziehen. Wir machen ein Zweiergespann oder wollt ihr zusammen? Da reichen vier Hunde und heute habt ihr die Wahl!"

Vicky warf Daniel einen verschwörerischen Blick zu – und überraschte ihn mit ihrer Antwort. „Wir wollen zusammen fahren", sagte sie. Daniel hätte schwören können, dass sie – Romantik hin oder her – selbstverständlich allein mit den Hunden sein wollte.

Bevor es losging, ließ Vicky es sich nicht nehmen, jeden einzelnen Hund ausgiebig zu streicheln. Dann ging es endlich los. Der Schlitten glitt nach einem anfänglichen Ruckeln sanft durch den Schnee. Erst die schmale Schneise bis zum Waldrand, dann immer tiefer in den verschneiten Winterwald. Die hohen Tannen ragten majestätisch in den Himmel. Vicky staunte und lehnte sich an Daniel, der das Cape ein wenig enger um sie legte, und schaute verzückt hinauf zu den Bäumen.

„Diese himmlische Stille!“, schwärmte sie. Nur das Hecheln der Hunde und die kleinen Schlittenglöckchen waren zu hören, und als Vicky für einen Moment die Augen schloss, glaubte sie fast, durch die Lüfte zu gleiten. Doch als sie die Augen wieder öffnete, waren die vier Huskys noch da. Die Sonne blinzelte immer mal wieder zwischen den dicken Winterwolken hindurch und ihre Strahlen brachen sich funkelnd im Schnee. Vicky lehnte sich zurück und entspannte sich. Endlich fiel der Stress der Weihnachtstage von ihr ab und sie konnte die Weihnachtsstimmung richtig entspannt genießen. Noch eine ganze Woche frei, freute sie sich. Doch jetzt wollte sie nur diesen Moment erleben – nur Daniel und sie und diese wundervollen Hunde, mehr brauchte sie gerade nicht zum Glücklichsein.

Neuer bester Freund

Da es in der Vorweihnachtszeit auch bei uns recht turbulent zugeht, nutze ich die Gassirunden mit meinem Hund als Auszeit. Spike, unser wuseliger Terrier, ist immer ganz dankbar, wenn er mal in offenem Gelände herumtoben kann. Also fuhr ich mit ihm raus, um den Kopf freizubekommen.

Spike brachte mir ein Stöckchen nach dem anderen. Ich spielte mit und warf die Stöckchen für ihn, auch wenn ich mich lieber einfach nur nichts tuend hätte treiben lassen wollen. Ich warf das Stöckchen, Spike holte es oder schleppte ein neues an. Von Ruhe im Sinne von Nichtstun konnte jedenfalls nicht die Rede sein.

Nachdem wir eine ganze Weile gespielt hatten, hörte ich hinter mir eine Stimme rufen: „Sunny, komm!" Sunny stellte sich als wunderschöner brauner Hund heraus, der mit einem Stock im Maul seinem Herrchen entgegenlief. Der nahm ihm den Stock ab und warf ihn weiter weg und prompt sauste Spike los, kam vor dem Braunen an und erbeutete das Stöckchen, das er mir dann sogleich vor die Füße warf. Der Braune

wartete indes mit wedelndem Schwanz ein paar Meter entfernt. Ich nahm den Stock auf und warf ihn erneut, beide Hunde flitzten nun davon, balgten sich ein bisschen, aus diesem kleinen Getümmel ging der Braune als Sieger hervor, der den Stock nun seinerseits seinem Herrchen anschleppte. Und der spielte ebenfalls mit.

Abwechselnd warfen wir Stöckchen, die nun Spike oder der Braune erhaschten und zurückbrachten. Wir merkten gar nicht, wie die Zeit verging, erst als der Braune sichtlich keine Lust mehr hatte, hörten wir auf.

Später im Auto war auch mein Spike so platt, dass er keinen Mucks mehr von sich gab, sondern sich nur noch einrollte und schon während der Heimfahrt wegschlummerte. Und ich gewann für mich die Erkenntnis, dass Entspannen nicht zwingend Nichtstun heißen musste. So ein Auspowern mit Spike war eigentlich sogar noch viel besser.

Verpackung für einen Hund

Die Weihnachtsgeschenke hatte ich in diesem Jahr schnell beisammen. Sie aber dann einzupacken und rechtzeitig zu verschicken, war eine ganz andere Geschichte. Am Samstag war ich mit der Einkaufsliste bewaffnet in die Stadt ausgerückt und hatte alles hintereinander weg besorgt: ein Dekantier-Set für meine Eltern inklusive eines Gutscheins für eine Weinprobe in Freiburg an der Unstrut, Badeperlen und einen Gutschein für eine Massage für meine Schwester, und für meine Patentante hatte ich eine edle schwarze Ledermappe für ihre Noten gefunden. Sie sang seit vielen Jahren im Chor ihrer Gemeinde und ich war mir sicher, dass sie sich über die Mappe freuen würde.

Leider würde ich keinen meiner Lieben in diesem Jahr an Heiligabend sehen können, weil meine Patentante mir eine Reise über die Feiertage nach Jerusalem geschenkt hatte. Deshalb packte ich nun Pakete. Nun ja, ich versuchte es, doch Benni, mein vierbeiniger Freund, mischte kräftig mit. Er schnüffelte überall herum, das Leder der Mappe hatte es ihm besonders angetan, dicht gefolgt von den Badeperlen, die in einer runden Verpackung steckten und die er versuchte, übers Parkett zu kullern.

Ich holte seinen Ball und lenkte ihn damit zumindest eine Weile ab. Solange ich ihm den Ball zuwarf, klappte es prächtig. Als ich bei einem Wurf zu abgelenkt war, um richtig zu zielen, landete der Ball in einem der Pakete. Benni sprang hinterher. Der Ball flog wieder aus, doch Benni begann nun, es sich im Karton bequem zu machen. Ich packte in Ruhe ein, doch Benni dachte gar nicht daran, seinen neuen Platz wieder aufzugeben. „Nein, ich verschicke dich nicht mit an meine Eltern", sagte ich lachend und scheuchte ihn raus. Benni gebe ich ganz sicher nicht her!

Vorsicht, Naschkatzen

Das Weihnachtsfest stand unmittelbar bevor und es gab noch so viel zu tun. Meinem Vater wollte ich in diesem Jahr selbstgemachte Marzipankartoffeln schenken, weil er Marzipan unheimlich gern aß und ich dieses Rezept gefunden hatte. Ich hatte feinstes Rosenöl besorgt. Das Rezept schien mir nicht besonders schwierig. Die größere Herausforderung war wohl, das Marzipan vor den Naschkatzen meiner Familie zu verteidigen. Zunächst hielt ich meinen Mann davon ab, mir unbedingt im Weg rumzustehen und das Marzipan zu verkosten.

„Nein, lass das“, sagte ich und schickte ihn nach oben. Dort probte unsere Sechsjährige tapfer auf ihrer Flöte ein Lied, das sie Heiligabend den Großeltern vorspielen wollte. Im Moment war zwar gerade Ruhe, was sicher an mangelndem Publikum lag, aber die Töne waren so schrill, dass sogar Tammy, unser Berner Sennenhund, jaulend geflohen war. Kaum war mein Mann nach oben gestiefelt, setzte die Flöte wieder ein, Tammy hob schon alarmiert den Kopf. Dann polterte es im Flur. Es war unsere Große, der es oben zu laut wurde.

„Ich gehe runter, ich muss noch Hausaufgaben machen“, brummte sie und versuchte, sich im Vorbeigehen eine Marzipankartoffel zu angeln. Es blieb bei dem Versuch, weil Tammy sich in dem Moment erhob und angesichts der Töne aus dem Obergeschoss kurz aufbellte. Die Große kam so nicht an das Marzipan.

„Brav“, lobte ich meinen vierbeinigen Freund. „Die Marzipankartoffeln werden nicht angerührt!“, verkündete ich und baute mich vor dem Tisch auf. Mit Tammy als Rückendeckung. Die Große schaute auf die Marzipankartoffeln, dann auf Tammy, zuckte mit den Schultern und zog ab. Und ich kümmerte mich nun um die Kakaoschicht, die ich den Kartoffeln noch verpassen wollte. Immerhin, stellte ich zufrieden fest, die Menge sollte reichen. Vor allem, wenn Tammy als Aufpasserin fungierte.

Flirtfaktor Max

In der Vorweihnachtszeit geht auch bei mir oft stressig zu, deshalb nutzte ich die Gassirunde am Abend, um noch zwei Pakete zur Post zu bringen. Max, mein kleiner, frecher Hund, zerrte an der Leine. Er hatte eine unbändige Energie, und offenbar war ich ihm nicht schnell genug. Ich jonglierte also mit meiner Handtasche, der Hundeleine und zwei Paketen übereinander, die mir die Sicht versperrten, Richtung Posteingang, als Max plötzlich aufbellte. Ich erschrak, meine Pakete kamen ins Wanken und dann plumpste mir etwas für die Füße. Jedoch nicht meine Pakete, die hatte ich zum Glück gut festgehalten.

„Verflixt noch mal …“, hörte ich jemanden fluchen. Max zerrte nach rechts, ich wollte nach links ausweichen und dann passierte es doch: Ich stolperte über die Hundeleine und meine Pakete fielen zu Boden.

„Mist“, entfuhr es nun mir. Da ich nun wieder freie Sicht hatte, erkannte ich auch den Postboten, der bereits vor mir in die Hocke gegangen war. Ich kannte ihn vom Sehen. Ab und zu brachte er mir ein Paket. Eigentlich ein sehr sympathischer Typ.

„Diese Hunde“, brummte er, ohne aufzublicken. „Weiß der Kuckuck, was sie gegen Postboten haben.“

„Nichts“, versicherte ich ihm und half ihm beim Aufsammeln. Ihm war ein ganzer Stapel vom Hubwagen gefallen. „Max kann Sie gut leiden, wirklich“, beteuerte ich und wie zur Bestätigung kam mein kleiner Übeltäter an und beschnupperte den jungen Mann schwanzwedelnd.

Der Paketbote schaute auf und ein Lächeln erschien auf seinem Gesicht. „Ach Sie sind das, ich habe Sie gar nicht erkannt. Hoffentlich haben Sie sich nicht wehgetan!“ Max wedelte weiter und zwischen dem Postboten und mir entwickelte sich ein nettes Gespräch. Am Schluss hatte ich seine Telefonnummer.

Alle Jahre wieder

Papas Nachricht war so eindeutig wie vielversprechend: „Wir warten dann am Bahnsteig auf dich.“ Und seit ich diese Nachricht vor meiner Abreise gelesen hatte, konnte ich es kaum erwarten. Seit zwei Jahren nun studierte ich in Leipzig, aber der Thüringer Wald war eben doch meine Heimat. Und nun, zu Weihnachten, fuhr ich endlich wieder heim. Besonders auf Stella freute ich mich wie verrückt. Ich hatte sie schon so lange nicht mehr gesehen, im Sommer war ich das letzte Mal bei meinen Eltern gewesen, unfassbar, wie schnell die Zeit zwischen Klausuren und Hausarbeiten so verging.

Mein Koffer war prall gefüllt, besonders für meinen Liebling hatte ich einige Geschenke dabei, ich konnte einfach nicht anders, obwohl es ihr natürlich an nichts fehlte und sie mit Sicherheit viel zu viel Spielzeug besaß. Die Anreise mit der Bahn war zwar etwas umständlich, aber angesichts der Wetterlage war es eine gute Idee, auch wenn das zwei Mal umsteigen bedeutete. Als der Zug endlich einfuhr, sah ich Papa bereits mit Stella auf mich warten und kaum hatte ich den Zug verlassen, gab es bei ihr kein Halten mehr.

Der aufgeweckte Mischling zog und zerrte an der Leine und riss Papa fast um. Sobald ich aus dem Zug gestiegen war, hopste sie an mir hoch und ich knuddelte sie erst einmal ausgiebig, während Papa sich um mein Gepäck kümmerte. Es dauerte ein paar Minuten, bis wir uns wieder beruhigt hatten, Stella und ich, denn die Wiedersehensfreude war auf beiden Seiten gleich groß. Dann fiel ich Papa um den Hals. Vor lauter Aufregung begann Stella nun, einen Schneemann anzubellen, den jemand auf dem Bahnhofsvorplatz gebaut hatte. Papa und ich schauten uns verdutzt an, dann mussten wir beide lachen. Es war so schön, wieder zu Hause zu sein!

Oh du fröhlicher Weihnachtsbaum

Es war unser erstes Weihnachten mit Hund; mein Mann und ich waren am Anfang der Adventszeit ziemlich aufgeregt gewesen. Doch Albert, den wir vor sechs Monaten aus dem Tierheim zu uns genommen hatten, ließ sich durch nichts aus der Ruhe bringen. Weder störte er bei den Backaktionen noch interessierte er sich für meine ganze Weihnachtsdekoration, selbst wenn sie blinkte. „Perfekt", freute ich mich und stellte gleich noch ein paar kleine Engelchen auf, was Albert mit einem Gähnen quittierte.

Das änderte sich jedoch, als mein Mann am 24. den Weihnachtsbaum ins Wohnzimmer holte. Schwanzwedelnd umrundete Albert die Nordmanntanne und stand mir beim Schmücken ständig im Weg. Als ich kurz ins Nebenzimmer ging, um die Lichterkette zu holen, erwischte ich Albert beim Zurückkommen, wie er aus dem Wasserbehälter des Baumes trank.

„Nein, du hast doch einen eigenen Trinknapf",

schimpfte ich und schob ihn weg. Doch Alberts Aufmerksamkeit war nun von den goldenen Kugeln geweckt, die ich an den Baum gehängt hatte. Er reckte den Kopf und versuchte, mit der Pfote sie herunterzuholen.

„Nein, Albert, aus!“, rief ich und rettete die Kugel vor meinem Draufgänger. Der Baum wankte dabei ganz schön. Ich lockte Albert in die Küche und ging selbst ins Bad – ein fataler Fehler! Denn noch während ich mir die Hände abtrocknete, hörte ich meinen Mann schimpfen. „Was für eine Sauerei, Mensch Albert, das ist doch keine Toilette für dich!“ Ich ahnte das Drama bereits! „Schau dir das mal an“, ärgerte sich mein Mann und zeigte auf die Pfütze unter dem Baum. „Der hat doch hier glatt sein Bein gehoben!“ Auch wenn es wirklich eine Sauerei war, mussten wir doch beide über Alberts treuherzigen Blick lachen. Er war sich keiner Schuld bewusst, schließlich hatten wir den Baum ja ins Haus geholt!

„Prost Mahlzeit!“, sagte ich, und mein Mann antwortete: „Frohe Weihnachten!“

Bildnachweis

Seite 5: © lemoonkate/Shutterstock, S. 6 und weitere Bilder bei Überschriften: © stock.adobe.com/ElenaMedvedeva, S. 7: © stock.adobe.com/Yuliia, S. 9: © stock.adobe.com/Studicon, S. 11: © stock.adobe.com/budogosh, S. 13: © stock.adobe.com/Alex, S. 15: © stock.adobe.com/ekaterinatsp, S. 17: © stock.adobe.com/NastiaVik, S. 21: © stock.adobe.com/Yoshimura, S. 23: © stock.adobe.com/NastiaVik, S. 25: © stock.adobe.com/Juliautumn, S. 27: © stock.adobe.com/PYRAMIS, S. 29: © stock.adobe.com/Smykowska.art, S. 31: © stock.adobe.com/Diatomic, S. 33: © stock.adobe.com/big_and_serious, S. 37: © stock.adobe.com/EvgeniiasArt, S. 39: © stock.adobe.com/Elena, S. 41: © stock.adobe.com/vanilnoe_nebo, S. 43: © stock.adobe.com/oliophotography, S. 45: © stock.adobe.com/wasan, S. 47: © Lenny712/Shutterstock, S. 51: © leoorigami/Shutterstock, S. 53: © stock.adobe.com/ldinka, S. 55: © stock.adobe.com/barberry ann, S. 57: © Mariia Borodenko/Shutterstock, S. 59: © Oksana-Matskovich/Shutterstock, S. 61: © Mariia Kutuzova/Shutterstock, S. 63: © AlexandraBonjour/Shutterstock, S. 65–67: © Ekaterina Koniukhova/Shutterstock, S. 69: © stock.adobe.com/budogosh, S. 71: © Darya Bestavashvili/Shutterstock, S. 73: © stock.adobe.com/Old Time Goldie, S. 75: © stock.adobe.com/NastiaVik, S. 77: © stock.adobe.com/Nataly Agapitova, S. 79: © stock.adobe.com/thanakrit